Voici Aya et Bobby!

Aya est la petite soeur et Bobby le grand frère. Aya et Bobby adorent
voyager et découvrir de nouveaux endroits. Ils apprennent tellement
de choses quand ils voyagent.

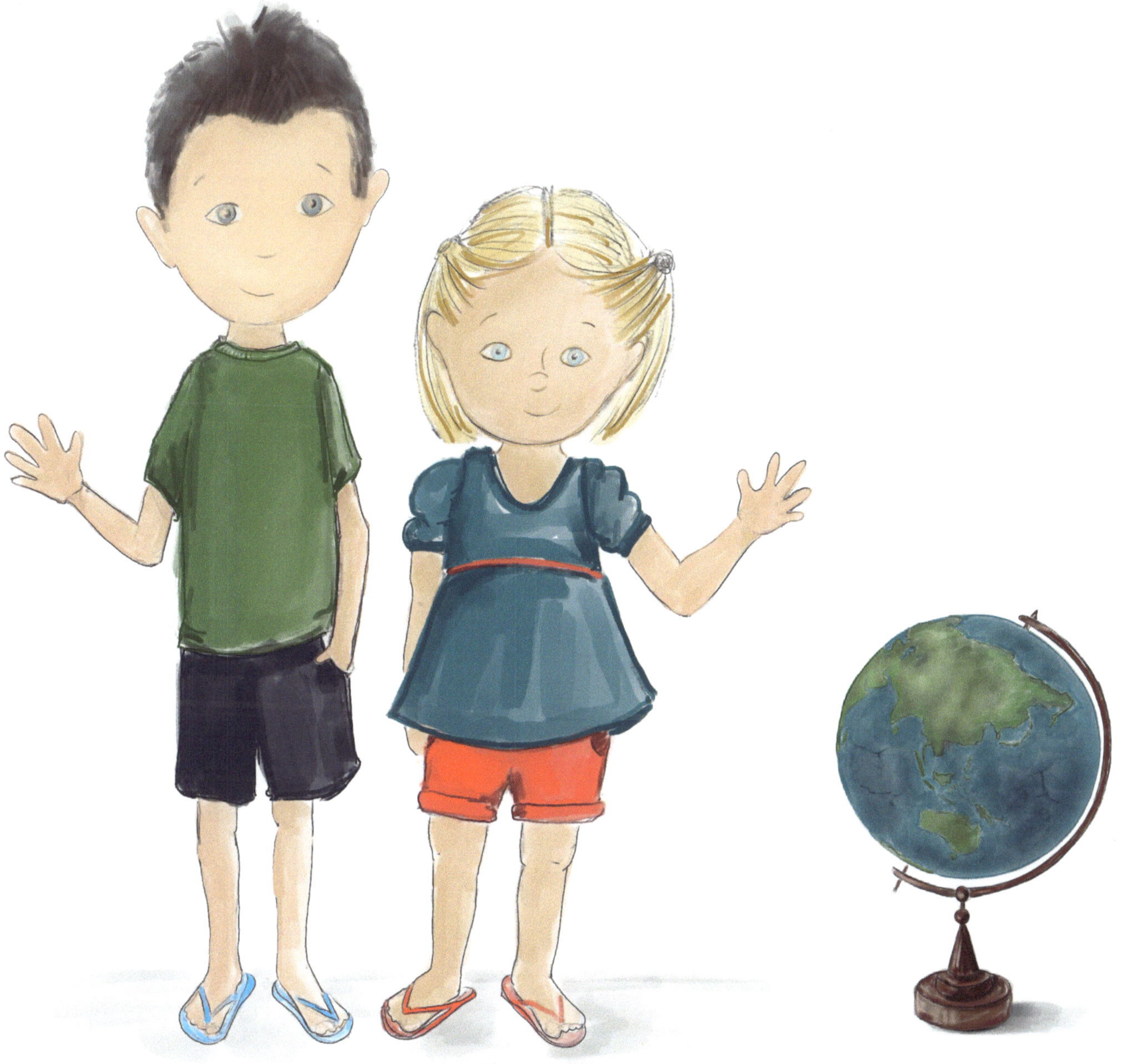

Rejoins-les dans leur passionnant voyage au Vietnam.

Où est le Vietnam?

Le Vietnam est un pays du continent asiatique. C'est le pays le plus à l'est de l'Asie du Sud-Est. On l'appelle le Pays du Dragon car sa forme ressemble à celle d'un dragon.

"Vois-tu la forme du dragon?"

"Si je regarde assez longtemps, je vois la tête tout en haut et la queue tout en bas."

Le Vietnam est un long pays, on y trouve de nombreux paysages: des plages, des montagnes et des grandes villes. La Chine et la France ont eu une grande influence sur le Vietnam et cela se voit dans l'architecture et la cuisine vietnamienne.

Aya et Bobby ont fait leurs valises et cette fois, ils y ont mis…. des casques!

Quel objet inhabituel à emporter quand on voyage loin!

L'une des nombreuses façons de se déplacer au Vietnam est sur un scooter. Pour être certains qu'ils auront des casques à leur taille, ils ont décidé d'emporter le leurs.

Aya & Bobby
DÉCOUVRENT
LE VIETNAM
Le Pays du Dragon

Ecrit par: Christina Kristoffersson Ameln
Illustré par: Melissa Baker Nguyen

Imprimé par Kindle Direct Publishing, une entreprise Amazon.com. Disponible sur Amazon.com et d'autres points de vente.

Stylisme Melissa Dawn Baker-Nguyen 2017 /Mise en page version Française 2019 par Anna Lundstedt. Traduit de l'Anglais par: Florence Berglund et Severine Hubscher-Davidson. Merci spécial á: Alexandra Marsal.

Titre original: Aya & Bobby Discover Vietnam: Land of the Ascending Dragon.

ISBN 978-91-983700-4-1

Mommy ♥ Pappa ♥ Kathleen ♥ Linnéa
A ma famille, mes compagnons d'aventure,
qui m'ont toujours encouragé à voyager à l'autre bout du monde.

— C.K.A.

A mon mari et meilleur ami, Duy… merci de partager ton monde avec moi.
A ma famille et mes amis, qui accrochent encore mes gribouillis sur leurs frigidaires,
et en particulier à ma mère, mon père, et ma soeur… qui ont toujours su…
que je finirais par dessiner toute la journée.

— M.D.B.N.

Pour en savoir plus sur Aya & Bobby,
rendez-vous sur notre site:
www.AyaandBobby.com

Aya a un casque vert avec des éclairs et Bobby a un casque bleu avec des flammes.
Pour s'amuser, ils mettent leurs casques sur la tête et courent autour de leurs valises.

"Attrape-moi si tu peux Aya!"

"Tu cours trop vite! Attends-moi, Bobby!"

Après un long voyage en avion,
Aya et Bobby sont à **Hanoï**,
la capitale du Vietnam.

Ils vont explorer la ville sur
un cyclo-pousse.

Un cyclo-pousse est un véhicule à trois roues
conduit par une personne qui pédale et dans
lequel les passagers s'assoient à l'avant.

"Je peux conduire mon propre vélo mais en
général, je n'ai pas de passagers", dit Bobby.

"Moi, j'apprends encore à garder mon
équilibre", ajoute Aya tristement, "mais je
suis sûre qu'avec de l'entraînement,
j'y arriverai bientôt!"

Ils remarquent tous les deux que
les casques ne sont pas nécessaires.
Le cyclo-pousse avance lentement,
à la grande déception de Bobby,
qui aime la vitesse.

"Aaaaaah! J'aimerais pouvoir aller plus vite!"

"Chut Bobby, moi j'aime cette allure. Elle me va très bien! Je peux voir en détail tout ce qui m'entoure".

Ils traversent le Vieux Hanoi, le long de belles rues ombragées par de grands arbres.
Ils passent par l'Opéra et le Quartier Français, où ils voient des bâtiments de style colonial qui côtoient les bâtiments vietnamiens.

Au centre de la ville se trouve le lac Hoan Kiem, que l'on appelle aussi le Lac de l'Epée.

La légende raconte que... L'empereur Le Loi était sur son bateau avec son épée magique qu'il nommait

"La Volonté du Ciel"

Soudain, une tortue surgit hors de l'eau, s'empara de l'épée et disparut dans un plongeon.

L'animal était en fait le Dieu Tortue D'Or. L'animal magique avait prêté l'épée à l'empereur et souhaitait la reprendre.

L'Empereur était si heureux que l'épée soit de nouveau réunie avec le Dieu Tortue D'Or.
Il décida alors de renommer le lac, le Lac de l'Epée. On dit que la tortue y vit toujours!

"La tortue doit être très très vieille!"

Aya et Bobby scrutent le lac pour essayer de l'apercevoir...

"Je ne la vois pas! Peut-être qu'elle est en vacances ou qu'elle est partie nager ou déjeuner ou rendre visite à des amis ou qu'elle fait la sieste ou qu'elle regarde la télé,

ou ...!"

Le cyclo-pousse les dépose sur
la très grande place de Ba Dinh.
Elle est dédiée à la mémoire
d'Hô Chi Minh, un dirigeant
Vietnamien célèbre qui est
mort il y a bien longtemps.

Les Vietnamiens se
souviennent d'Hô Chi Minh
comme du Président qui a
réuni les différentes régions du
Vietnam. Son corps repose
dans un mausolée.

Il y a une longue file d'attente
pour entrer dans le mausolée.
Alors qu'ils se rapprochent de
l'entrée, Aya et Bobby sont un
peu effrayés. Il y a des gardes
tout autour, qui ont l'air assez
sévère.

"Reste près de moi, Bobby."

"C'est d'accord, Aya. Tu as
remarqué, il fait froid
là-dedans. Une raison de
plus pour rester l'un près
de l'autre."

Comme il y a beaucoup de gens
autour d'eux, ils ne réussissent
qu'à apercevoir le cercueil.

Ho Chi Minh repose
paisiblement sur un lit dans un
coffre en verre. Il n'y aucune
raison d'avoir peur. On dirait
qu'il dort.

Ils continuent à explorer les environs. On dirait une chasse au trésor, avec de nouvelles découvertes à chaque coin de rue.

X LE MAUSOLÉE D'HO CHI MINH

HÀ NÔI

X LE GRAND PALAIS PRÉSIDENTIEL

X MAISON SUR PILOTIS DE HO CHI MINH

X LA TRÈS PETITE PAGODE AU PILIER UNIQUE

X LE MUSÉE HO CHI MINH, EN FORME DE LOTUS

"Mes jambes sont prêtes à tomber après toute cette marche"
Bobby est trop fatigué pour parler. Il fait juste oui de la tête.

Ils se dirigent ensuite vers
le Temple de la Littérature, la première
université du Vietnam à s'être inspirée
de l'enseignement du professeur chinois
Confucius.

Confucius a enseigné la manière d'améliorer l'harmonie entre
les gens. L'un de ses principes est –

ne fais pas aux autres ce que tu n'aimerais pas qu'on te fasse".

"Tu vois Aya, c'est assez simple. Je ne devrais pas être
méchant avec toi, même quand tu me rends complète-
ment dingo, puisque je n'aime pas quand tu es méchante
avec moi."

"Et je devrais toujours être
gentille avec toi. En fait, on
devrait toujours être gentil l'un
envers l'autre."

Il se serrent dans les bras en
espérant que cela va durer.

Aya et Bobby repèrent la statue d'une grue debout sur une tortue.

Les deux animaux ensemble représentent l'équilibre pour une longue vie heureuse et en bonne santé.

La grue représente le ciel car elle est tellement grande et peut voler tellement haut; la tortue représente la Terre parce qu'elle est au sol.

Pour se porter chance, Bobby caresse la grue et Aya la tortue..

"Bobby, je crois qu'il vient de se passer quelque chose d'un peu magique!"

Le Delta du Mékong

SAPA

La Citadelle de Hue

Les montagnes de
Sapa et les rizières

Les plages sablonneuses de Da Nang

Ha Long Bay

La Baie d'Along

Leur séjour dans la ville d'Hanoï se termine et Aya et Bobby reprennent l'avion, vers le Sud, à destination d'Hô Chi Minh Ville, qui a été nommée d'après le dirigeant Vietnamien.

Dans l'avion, ils sont assis à côté d'une petite fille qui s'appelle Kim. Kim est toute contente de se faire de nouveaux amis. Elle partage avec eux ses crayons et son cahier de coloriage sur le Vietnam pour qu'ils puissent dessiner ensemble.

Le temps passe vite quand on s'amuse.

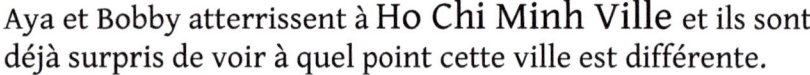

Aya et Bobby atterrissent à Ho Chi Minh Ville et ils sont
déjà surpris de voir à quel point cette ville est différente.

Aya, les yeux grand ouverts, dit tout haut:

"Cette ville a tellement de grands immeubles. Et je crois
que je n'ai jamais vu autant de scooters dans la rue!!"

Deux femmes sur des scooters leur font faire un tour de la ville.
Elles portent l'Ao Dai, la robe traditionnelle.

Aya reçoit en cadeau une Ao Dai, et Bobby un chapeau pointu, que l'on
appelle Non-la. Aya tombe immédiatement amoureuse de sa robe et
l'enfile. Bobby range son chapeau dans le coffre du scooter car il n'y
pas la place pour un chapeau et un casque sur sa tête.
Comme cela aurait l'air drôle!

"Allez, on met nos casques et on y va"

Bobby adore la vitesse, et il se dit que c'est sûrement
le meilleur moment de son voyage.

"Youpiii!!"

Le scooter parcourt la ville, leur permettant de voir ce qui se cache derrière les grands immeubles.

"J'ai l'impression que nous sommes en train de bourdonner comme des abeilles."

Ils bourdonnent jusqu'à la belle Cathédrale Notre-Dame de Saïgon dont les briques ont été apportées depuis la France.

Et ils bourdonnent jusqu'à l'imposant Palais de la Réunification, qui rend hommage à l'union du Vietnam.

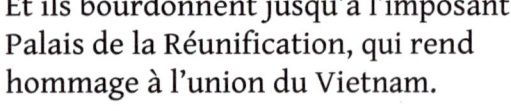

Ils bourdonnent jusqu'à la Poste Centrale, qui a un air grandiose dans son ancien style colonial français.

Ils finissent par bourdonner de faim et de fatigue. Ils se dirigent vers le marché de Ben Thanh pour y trouver quelque chose à manger et se promènent parmi les étals remplis de nourriture, de vêtements et de gadgets.

Aya et Bobby sont difficiles quand il s'agit de nourriture, mais ils savent qu'il faut toujours au moins goûter à un nouveau plat avant de dire si on l'aime ou pas.

Ils décident d'essayer le pho. Le pho est une soupe de nouilles vietnamienne qui contient du bouillon de bœuf ou de poulet. Quand le bol arrive sur la table, ils trouvent tous les deux que ça ressemble à...

"Des spaghetti dans de la soupe!"

Ils aspirent toute leur soupe bruyamment.

Une chose que nous savons tous, c'est qu'Aya et Bobby ne sont pas difficile quand il s'agit de GLACE!

Avant de démarrer leur prochaine visite, ils vont chercher deux bâtonnets de glace.

"Je veux celle au coca!" dit Bobby.

"Je veux celle couleur arc-en -ciel!" ajoute Aya.

Pour Aya et Bobby, la glace est toujours le meilleur repas de la journée.

Après avoir mangé toute cette nourriture, ils décident de faire une petite promenade dans le **Zoo de Saigon.**

"On n'aime pas voir des animaux dans des cages."

Cependant, ils comprennent qu'hélas, c'est parfois le meilleur moyen pour certains animaux de survivre s'ils sont menacés d'extinction dans la nature.

Le Zoo de Saigon ne ressemble pas à un zoo mais à un grand et beau jardin tout vert.

Aya et Bobby explorent le zoo et soudain Aya remarque quelque chose d'étonnant.

"Bobby, les singes sont sortis de leurs cages!"

"Aya, je crois qu'il faut que tu fasses vérifier l'état de tes yeux!"

"Non, non, Bobby. Je ne dis pas de bêtises. C'est vrai!!!"

En s'approchant, ils comprennent que
ces singes ont trouvé le moyen de
sortir et de re-rentrer dans leur cage.

Les singes s'amusent
comme des fous.

Aya et Bobby
se tordent de
rire en voyant
leurs bêtises.

"En tout cas on espère que les
crocodiles sont dans leur cage...
On ne veut pas les rencontrer en
train de se dandiner librement
dans le zoo..."

Le dernier arrêt de leur découverte de Hô Chi Minh Ville est la visite des **tunnels de Cu Chi.**

Les tunnels de Cu Chi ont été construits pendant les périodes de guerre au Vietnam. Aya et Bobby n'aiment pas quand les gens se battent car ils deviennent malheureux.

Alors qu'ils flânent autour des tunnels de Cu Chi, ils ne voient que de larges tiges de bambou partout.

Aya et Bobby sont surpris.

"Il n'y a rien d'autre à voir qu'une jungle de bambou?"

A la place de rues ou de maisons construites en surface, ils ont construit des tunnels souterrains pour rester invisibles.

" Moi aussi je vais être invisible."

Bobby se glisse dans le trou qui descend dans l'un des tunnels.

Aya glousse en l'aidant à descendre et disparaître.

Au moment de partir, ils décident d'emprunter le bateau
qui les mène sur la rivière de Saïgon.

C'est exceptionnellement vert partout. C'est difficile de voir
l'eau à cause de toutes les jacinthes qui flottent à la surface.

Alors que le bateau s'éloigne à toute à allure, Aya et Bobby se disent
qu'ils ont passé le meilleur des séjours au "Pays du Dragon", même
s'ils n'ont pas rencontré de dragon.

La tête remplie de beaux souvenirs à rapporter
à la maison, Aya et Bobby disent au revoir de la main.

"Au revoir, le Vietnam! Merci pour ce voyage extraordinaire!"

www.ingramcontent.com/pod-product-compliance
Lightning Source LLC
Chambersburg PA
CBHW041608120626
46551CB00002B/363